ARVOREssências

ARVOREssências

Maurício **vieira** e Cristiane **grando**

EDITORA DE CULTURA

2014 © Mauricio Vieira
2014 © Cristiane Grando
2014 © Editora de Cultura
ISBN 978-85-293-0183-9

Direitos desta edição reservados a
EDITORA DE CULTURA LTDA.

Av. Sapopemba, 2.722, 1º andar
03345-000 – São Paulo – SP
Fone: (11) 2849 5100

atendimento@editoradecultura.com.br
www.editoradecultura.com.br

Todos os direitos reservados. Nenhuma parte deste livro poderá ser reproduzida, sob qualquer forma, sem prévia autorização da Editora.

Primeira edição: Novembro de 2014
Impressão: 5ª   4ª   3ª   2ª   1ª
Ano: 2018   2017   2016   2015   2014

Dados Internacionais de Catalogação na Publicação (CIP)
(Elaboração: Aglaé de Lima Fierli, CRB-9/412)

V716a	Vieira, Mauricio,1978- Arvoressências / Mauricio Vieira, Cristiane Grando – São Paulo: Editora de Cultura, 2014. 64p. : Il.; 14x21 cm. ISBN : 978-85-293-0183-9 1. Poesia brasileira. 2. Literatura brasileira – Poesias. 3. Árvores – Poesias. I. Título. 2. Grando, Cristiane. CDD – B869.1

Indice para Catálogo Sistemático
Poesia brasileira : Literatura   B869.15
Literatura brasileira : Poesia   B869.15
Árvores – Poesia   B869.1

SUMÁRIO

Prefácio: ÁRVORES *(7)*
por Jorge Coli

Apresentação *(9)*

Introdução *(11)*

Mauricio **vieira**
Besta-Fera *(19)*
O Limoeiro *(21)*
Casa na Árvore *(22)*
Bem-me-quer *(23)*
Square René Viviani *(24)*
Jardim Botânico *(25)*
Arvoressência I *(26)*
Floresta *(27)*
Poema de Neve para
    Robert Frost *(28)*
Imbondeiro *(29)*
Anjo Azul *(30)*
Arvoressência II *(31)*
A Casa *(32)*
L'Âge d'Or *(33)*
Band-Aid *(34)*
Ai *(35)*
Vovô não tem Aipóde *(36)*
Horário *(37)*
Casanova *(38)*

Cristiane **grando**
1. a árvore e a estrela *(45)*
2. a árvore da minha
    infância *(46)*
3. a árvore (imaginária)
    da infância *(47)*
4. árvores nas calçadas *(48)*
5. a mangueira *(49)*
6. cantiga de ninar *(50)*
7. ninho de cabelos *(51)*
8. arboral *(52)*
9. aleias *(53)*
10. andanças *(54)*
11. as árvores e a lua *(55)*
12. o amor *(56)*
13. presságio *(57)*

Sobre os autores *(58-59)*

Agradecimentos *(60)*

Prefácio: ÁRVORES

A ária mais célebre composta por Haendel – se excetuarmos o "Aleluia", do *Messias*, que, por sinal, não é uma ária, mas um coral – está na ópera *Giulio Cesare*. O general romano, tomado pela beleza de uma árvore, declara seu afeto por ela e canta, logo no início, "*Ombra mai fu*". O autor do texto é anônimo. Aqui vai minha tradução:

"Ramos suaves e belos
De meu plátano amado,
Que o fado
Vos sorria.
Trovões, relâmpagos e tempestade
Nunca vos insultem
A cara paz;
Nem consiga profanar-vos
O rapace vento austral.
Jamais sombra houve
De vegetal,
Mais cara, amável
E suave."

A melodia de Haendel é nostálgica. Na inspiração trazida por este livro, *Arvoressências*, perpassa também nostalgia meditativa.

É este o vezo poético das árvores, criaturas boas e conselheiras como não existem outras: a nostalgia meditativa. As árvores nos ensinam a tranquilidade e nos remetem para os primórdios, para o início da vida. São mestras do tempo. São exemplos de vital resistência.

Arvoressências nos conduz pelos meandros da sensibilidade soberana desses magníficos vegetais. Despertam no leitor os belos ecos da inspiração provocada pelos troncos, raízes, folhas, galhos. Coisa muito necessária hoje.

Em 1738, nos tempos de Haendel, quando *Serse (Xerxes)* foi estreada, as relações do homem com a natureza eram muito outras. Muito mais próximas, infinitamente mais presentes, compartilhavam o quotidiano dos homens. Nos nossos dias, feitos de máquinas e de sensações virtuais, elas se desfazem na percepção rápida, na representação, na ideia, no conceito. Cabe à poesia trazê-las de volta.

JORGE COLI
Professor de História da Arte e da Cultura
Unicamp

Apresentação

Arvoressências surgiu de um jeito muito espontâneo, como uma forma de transmitir nossa admiração pela natureza e, principalmente, pelas árvores.

Sentimos que estamos nos distanciando delas com nosso ritmo de vida atual e gostaríamos de sugerir uma mudança nesse andamento. Não seria um passo atrás nem interromper o passo—isso é impossível. Estamos num caminho sem volta.

Mas podemos reduzir esta velocidade para termos mais tempo de observar que o nosso ritmo atual vai contra os da natureza e contra nossa própria essência como seres vivos.

OS AUTORES

Introdução

Nature is a language, can't you read?

MORRISSEY

Não foi à toa que escolhi um trecho de uma canção de Morrissey para ilustrar a admiração que alguns poucos ainda exprimem à natureza na cultura popular. Se, há algumas décadas, poetas como e.e. cummings e Robert Frost ainda eram celebridades, hoje, o poeta é desconhecido do grande público. Culpa da tevê, da fragmentação cultural pós-68... poderia enumerar diversos algozes, mas o fato é que a poesia perdeu importância na expressão cultural e, com ela, um de seus alicerces—a admiração à natureza. Para Safo e Shakespeare, esta servia de metáfora para o amor, e, segundo os Românticos, para o que há de profundo em nós.

Registros em sociedades e tempos diversos revelam um passado no qual a natureza despertava encanto e respeito, tal como nos contos de fadas. Hoje, são os desastres naturais que nos fazem lembrar da natureza.

Foi em visitas a cidades industriais da China—onde, devido à poluição, não se vê mais o céu em qualquer estação do ano—que me espantei com o quanto estamos presos a um ritmo essencialmente autodestrutivo. Quem nos dera poder reduzir o ritmo atual, cada vez mais célere e desumano, que nos causa tanta ansiedade, para haver uma reaproximação com a natureza.

As árvores, com seus ritmos de vida sintonizados com as estações e em equilíbrio com outros seres—ritmos estes que, para nós, parecem lentos—, têm realmente algo a nos dizer, mas estamos muito ocupados para ouvi-los. Respondendo a Morrissey, bardo *manqué*: não, já não mais sabemos ler a natureza.

O poeta volta aqui a ter um papel; afinal, é o legislador não reconhecido do mundo, segundo Shelley.

Que mais poetas e amantes da poesia cerrem fileiras conosco e cantem a natureza. Quem sabe assim outros redescubram que por trás do encanto perdido está a nossa própria essência. A não ser que tenhamos nos tornado máquinas. A solução então seria CTRL + ALT + DEL.

MAURICIO VIEIRA

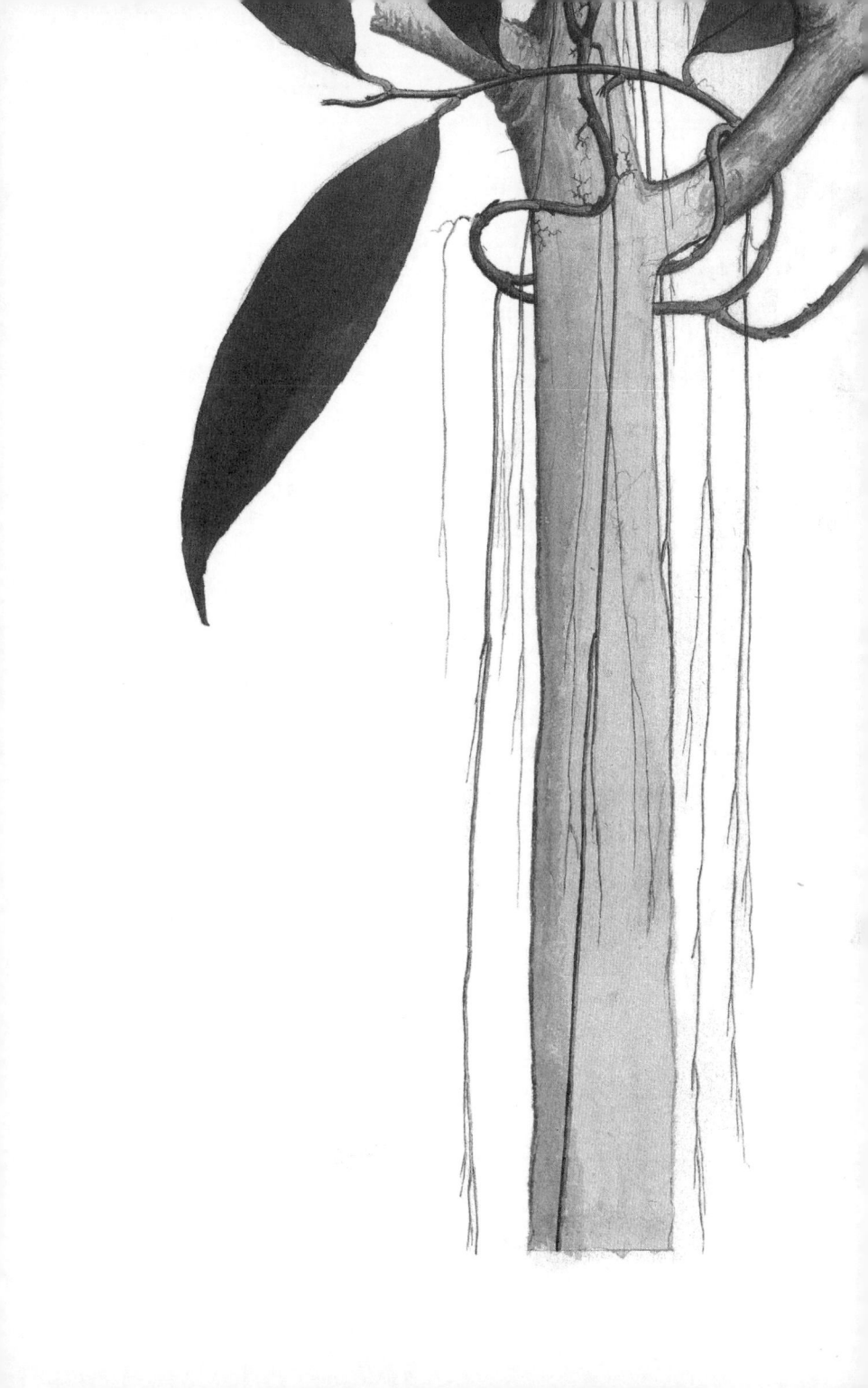

ARVOREssências

Mauricio **vieira**

"Em movimento sem descanso
Como uma brisa ou raio de sol
Pairei sobre seus domínios
Mas deixaste tua beleza comigo."
WILLIAM WORDSWORTH

"Por anos sob o peso da grande Cidade
pela Natureza ansiaste com voracidade."
SAMUEL TAYLOR COLERIDGE

Ao ter o filho, plantar a árvore e escrever o livro
É bem verdade que o bicho-homem se humaniza.
Mas é encanto quando se harmoniza o humano
Para escrever um filho em folhas entre amigos.
MAURICIO VIEIRA

Besta-Fera

> E un ombroso Lucifero scenderà su una proda
> Del Tamigi, del Hudson, della Senna
> Scuotendo l'ali di bitume semi-
> mozze dalla fatica, a dirti: è l'ora
>
> EUGENIO MONTALE
> "Piccolo Testamento"

O litoral da alma banhado de lama
Da enchente do Climacaos
A alma petrificada de solo seco e retalhado
Pela estiagem do Climacaos
Toda a capilaridade da alma preenchida do jorro
Da besta-fera betuminosa

Cútis de leite negro
Inesgotável fonte de lodo
Bloqueia o sol seu espesso bafo
Destaca as pétalas do cata-vento
Cantando as loas do Climacaos

Por dentro da cútis de leite negro
O que se vê da besta-fera?
Que alma encanta, coração comanda
Que mente impera a besta-fera do Climacaos?

Nem mesmo Perseu seria capaz
De vencer as serpentes desta Medusa
Que chamam alguns de petrolífera empresa

Os homúnculos que animam sua fauna intestinal
Impelem à besta-fera ritmo voraz
Para expelir o lodo de suas férreas tetas
E vivem em simbiose com outra cepa
Colonizadora das grandes legislaturas

Juntos, nos agasalham com seu manto
Galante traje de leite negro sufocante
Por sobre nós deitam-se calmamente
E nos cobrem como a uma besta
Entoando os cânticos do Climacaos

O Limoeiro

De pele bem grossa
Tal qual a da cobra os fiz
À prova do bico dos colibris

Esmeraldas gotejando de um vestido
Quero praqui e pracolá
Com meus braços limões deitar

Porém os cotovelos e sovacos
Eis que me vem roçar
A pilha de tijolos que aumenta

Para cima e para os lados
Que o homem, quanto mais junta
Mais precisa deles se rodear

A este o chamam de muro
Se fosse por mim chamava de estorvo
Com as pernas lhe passo rasteiras

Poeta um houve que disse
*Boas cercas fazem bons vizinhos**
No entanto sou eu

Deitando meus frutos
Por sobre o pobrezinho
Que faço assim bons os vizinhos

* Robert Frost, *"Mending Wall"*

Casa na Árvore

A casa na árvore estava vazia
Somente por colibris visitada
Enfeitada que estava dos ramos floridos
Da árvore que ao lado foi plantada

Depois que o menino partiu
Pr'além do sansão do campo
Deixando vazia a casa na árvore
E a casa ao lado calada

Os pais tão logo plantaram
O pé de jabuticaba, lembrando
Seus olhos e as bolas de gude
Que pelo jardim o menino deitava

Porém para o lamento de ambas as casas
Este ano a jabuticabeira não deu nada

Bem-me-quer

Película de uma pétala sua, amiga
Me alimentaria por toda uma vida

Square René Viviani

A árvore mais antiga de Paris
É uma falsa acácia
Senhora quatrocentona, que serena
Numa calma praça, *Square* René Viviani

Na margem esquerda do Sena
Envolta num verde cachecol observa
Ao longo do dia
O ir e vir de turistas e guias

Frente a outra, mais antiga, na margem oposta,
Esta toda de pedra, com gárgulas em seus galhos
Mas ambas por arcobotantes flanqueadas.

Apesar da madeira dura e apropriada
Nossa amiga não virou mastro para cruzar mares
Porém assiste, à noite, entre copas talhadas
As velas rangerem e os anjos cingirem os ares.

Jardim Botânico

Todas as vezes que fui ao Jardim Botânico
O bilhete que me permitia a entrada
Para além da catraca era um bilhete mágico
Pois na realidade num sonho eu ingressava

As aleias silenciosas e perfumadas
A plaqueta indicando o pau-brasil,
Caesalpinia echinata
A escada de pedra até os macacos
O orquidário e a estufa das bromélias,
Alvéolos dos pulmões do parque
Uma avenida de palmeiras ditas imperiais
Fazendo lembrar a nave de uma catedral

Este sonho não é meu, estou no sonho alheio
De um imperador que sonhou ser borboleta

E como tal flutuo até o Parque Lage
Onde num de seus cantos encontro a barra
Do traje do Redentor me indicando o caminho
Que sigo trama de ramos e trilhos até o cimo

E por fim, a seus pés, contemplo um sonho maior
Movimentos de uma sinfonia de mar e montanha,
Que o homem desfaz à sua semelhança

Arvoressência I

digo
que são as casas
que enfeitam as árvores
e nisto tão poucas

e tão raras
as gentes
que adornam as flores

dentre elas
figuras
e com elas
te confundes

Floresta

Na floresta de chaminés
O céu é bem branquinho
Não pia um só passarinho
Os bichos já deram no pé

Cinzas caem feito a neve, incessantes
E desta floresta os frutos
São os favoritos dos feirantes
De tão baratos, garantem lucros

Floresta espessa clareira não há
Nem sol nem mesmo luar
Ou nuvens no céu qual estrela
A colheita do fruto distrai

Que o uso frequente desfaz
Semente por certo não traz
Vem outro, com casca de plástico
Saciar quem sempre quer mais.

(Este e o próximo poema foram escritos em Xi'an,
antes Chang'an, a antiga capital da dinastia Tang,
considerada o auge da poesia chinesa,
onde viveram os célebres poetas Wang Wei, Du Fu e Li Bai.)

Poema de Neve para Robert Frost

Por este poema
Coberto de neve
Ele não me verá
E estas letrinhas
São só as pegadas
Do meu cavalinho
De trote incerto
Que não acha estranho
Parar neste sítio
Sem paiol por perto
Com feno ou então milho
Afeito que está
Ao meu trotar
Com esta toada
Por vezes ritmada
Anoitece ao poema
E a neve nos faz
Centauro ao poente
E ele no entanto
Não nos verá.

(Inspirado por
"Stopping by Woods on a Snowy Evening"
de Robert Frost)

Imbondeiro

Retire o ninho de cima
Extirpe os piolhos de pássaro
Ferva a semente na xícara
Depois a esqueça

Ela se fará lembrar

Quando no meio da sala brotar
Um belo dum baobá
Tapando a visão da tevê

Para contar histórias de África

Anjo Azul

O desejo está no alto da colina
E na copa do cipreste
Desliza entre os flancos da ravina
E na crina do cavalo

Arfante malha de nuvens

Anjo azul que sopra
Na tela de Botticelli

E como ele vem,
Se esvai, feito a vela
Quando amaina o vento

Deixando um rastro de erosão
Coral de folhas que silencia

Arvoressência II

Ramo de barro vazio preenchido
De chuva e de folhas de coca que fazes
Surgindo da árvore de quatro patas
No meio da sala

Cadê que se esconde a ave que canta
Pousada no galho de couro
Por entre estas folhas tão brancas de neve
Manchadas de letras

Os galhos de carne à noite de vento
Se chocam e batem de frente
Se livram das folhas de pano
E esfregam seus ventres
A flor do sal deflora a flor do trigo

Os ossos da árvore partiram de barco
Levados por mastros e velas negras
Prum campo com troncos de mármore
Raízes de ossos e galhos de alabastro

A Casa

a Wislawa Szymborska

Eu sou a casa
E estou muito ocupada
Levo pedra vidro madeira
E verde pela casa adentro

Canário laranja e escada de tronco
Pau-rosa, pau-santo
Janela que abre na brisa da tarde
Teia de aranha e mandruvá

Panela de barro, pedinte na porta
Pão velho no saco, fantasmas de montes
Bruxismo no quarto, goteiras em potes
Perfume de cedro e febre escarlate

A franja da faia, cigarra na telha
Como podes perceber
Estou muito ocupada
Depois te abrigo

L'Âge d'Or

Os gregos sim é que foram felizes

D'outro idioma não precisavam

Tampouco ler os clássicos

E os anos, estes, retrocediam

Band-Aid

Meu bebê de faces rosadas
Gorducho tal massa de pão
És mesmo uma dádiva
Pareces feito a mão

Já te vejo entre as rosas
Levando o primeiro arranhão
Eu a dizer homem não chora
Sua mãe antes de casar sara, filhão

Só que, depois de uma certa idade,
É por dentro que se faz o corte
Em lugares onde *band-aid* não cola
Mas aprendeste que é preciso ser forte

Sem hora nem mesmo aviso
A dor entra sem sequer bater
A lágrima quando vem demora
Pois então, antes de tudo, chora

Ai

Ai se tivesse voz bonita
Se meu peixe soubesse vender
Ai meu coração ardente
Tão galante e ninguém vê

Ai minha falta de tato
Dessa vez eles vão ver
Ai o meu cavalo baio
Deu pinote meio ao cânter

Ai se me chamasse Henrique ou Carlos
E Dora minha quisera ser
Se levasse à cabeça um fedora
E no pescoço gola rolê

Ai o meu cavalo baio
Ai fracasso quem não vê
Já agora coração ardente
Não desista de bater

Pois que em mim carrego
O coral das andorinhas
Trás os muros altos das escolas
Nos pátios ao recreio

Vovô não tem Aipóde

Vovô não tem aipóde
Não tá muito bem do ouvido
Não pertence a rede social
Já não tem mais tanto amigo

Assiste à missa na televisão
Com a foto do neto para a bênção
Escreve farmácia com pê agá
Uma carta ele dactilografará

Ao único neto, o Dado
Que ao chegar não será lida
Pois ele está hiperconectado
Com seus milhões de amigos

Vovô deu a vitrola ao Dado dijei
Que a vendeu pois baixa emepetrês
Vovô e vovó dançavam chácháchá
Dado só dança depois de tomar chá

Clique aqui para baixar
Novas modas pra dançar
A virtude em trêsdê
Quem viver verá

Horário

Eu sou Su Song.
Muito tempo atrás meu ancestral,
De quem não guardo mágoa,
Inventou o horário com seu relógio d'água.

Nunca perco a hora, pois vivo no trabalho.
Apesar de que o relógio, presente da direção
Por ter me dedicado, há tempos ter parado.

Todo dia sem descanso não tenh'ora pra parar
Estou sempre no horário
Na fábrica de relógios onde trabalho.
Só preciso d'um bule de chá.

Casanova

Donzelas, cardeais, apostadores,
Esposas, prestamistas, carcereiros,
Todos indagam o seu paradeiro.

Por entre as fachadas rendadas,
Telhados de couro acima
E sobre as sacadas bordadas,

Em meio aos lábios de cera
Flutua em canais de cetim
Envolto na névoa de seda,

Em gôndola de curvas formosa
Desliza Casanova

Sob a fina chuva
De mármore rosa.

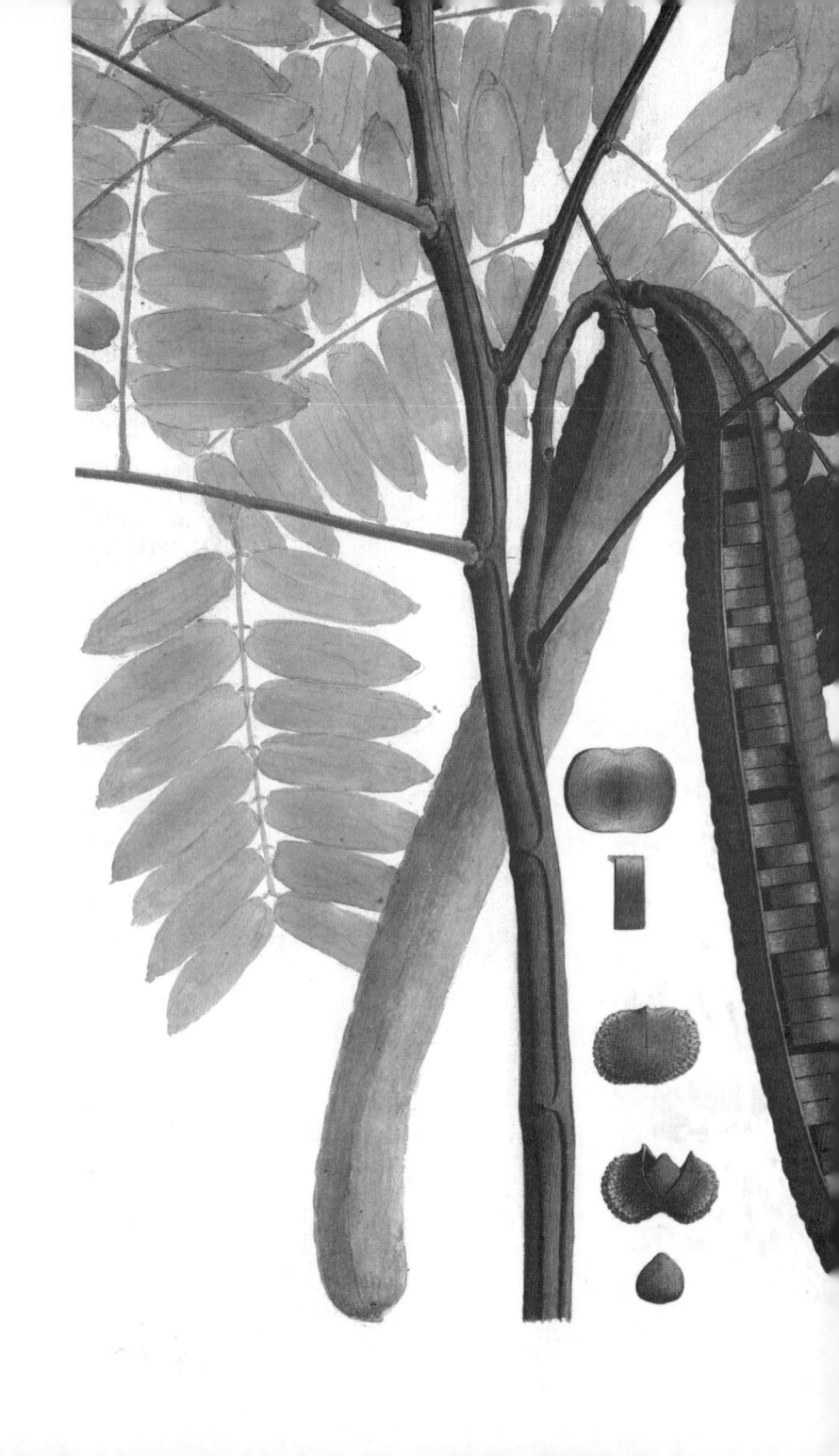

ARVOREssências

Cristiane **grando**

*Dedico estas 13 árvores em versos
ao amigo que nunca deixou de ser criança
e que me ensinou a amar tanto a Natureza:
o saudoso Jorge Bercht (1922-2013).*
C.G.

**1
a árvore e a estrela**

    a Mauricio Vieira

o baobá em Angola
com uma estrela pintada
em seu generoso casco oco:

—oquidão para guardar água
pelos povos das regiões áridas—

com seu fruto sagrado
o imbondeiro é amado
pelos olhos do poeta:

sua vida secular revela
os segredos da terra

2
a árvore da minha infância
ao primo Luciano Gava

o pessegueiro era uma ideia
da árvore sendo casa

nossa casinha
os seus galhos

as folhas nos protegiam
do vento e do sol
do calor intenso

os espaços entre as folhas
eram as janelas da nossa casa:
nossos olhos e alma

3
a árvore (imaginária) da infância

   a árvore
—casa dos pombos
tempestade de gatos—
ao redor do seu tronco
habitada

criancinhas a pular
correndo
correndo
gritando
vivendo
a verdade
em alta
velocidade:
explosão da alegria nas caras

4
árvores nas calçadas

sozinha, a pé, indo para a escola...

os diversos tons
do verde das folhas das árvores
traduziam

os meus sentimentos de mundo

5
a mangueira

alegria duradoura
plantada nos pés

balanço com corda
jogando-me no abismo

como quem se atira no nada
aos pés da árvore

infância perdida
nos anos passados

os pés das crianças
se enchem de luz:

plantei uma luz dourada nos meus pés de menina

6
cantiga de ninar

*aos meus sobrinhos
Guilherme, Felipe e Paulinho*

raminhos nas mãos
folhinhas nos pés

os passarinhos cantam

**7
ninho de cabelos**

a Alfredo Colmán

um ninho de pássaro
no topo da árvore:

o teu cabelo
ao vento

é a casa
onde vivo

8
arboral
> às árvores de Montevidéu

cidade arbórea
com árvores mais altas
do que as casas

caminho entre cores maduras
numa rua de lembranças:
jardins da memória

paineira-rosa
(*palo rosado*)
no outono

me embriaga
e sou só
olhar:

uma árvore florida
enche de alegria
o meu coração

**9
aleias**

> *às árvores de Colônia do Sacramento*

caminho de folhas amarelas
coladas umas às outras:

assim vão alinhadas
as árvores nas calçadas

caminhamos de mãos dadas
nas aleias de um sonho:

vibrantes cores das flores se tocam no muro de uma casa
e dos nossos olhos enamorados

10
andanças

a tristeza se instalou em mim
até que vi uma árvore amarela

a tristeza que era Senhora
dos meus pensamentos voou:
como um pássaro
da parte frondosa
da minha cabeça
foi parar bem longe

cantar um samba triste
numa árvore sem vida

11
as árvores e a lua

as árvores à noite
se confundem:
silhuetas na escuridão

seu espírito de mulher
seduz o olhar dos homens na estrada
em alta velocidade

os meus olhos percorrem
uma viagem sem mapas
guiados pela lua:

redonda, grávida
ilumina as copas noturnas das árvores

e revela os mistérios escuros do amor

12
o amor

a tua cabeça no travesseiro me aperta
tentando entrar em mim

o amor: vívido
sabor a mel escuro e denso
doce líquido ardente
seiva de uma árvore centenária

13
preságio

poema dedicado ao futuro

os pássaros nas árvores
cantam por gratidão à vida

a Natureza se ilumina com o Sol
que reveste de realeza a Terra

Sobre os autores

Mauricio **vieira**

Santo André (SP), Brasil, 2 de janeiro de 1978. Escritor brasileiro. Autor de *A árvore e a estrela* e *Angola Soul*—ambos ensaios fotográficos retratando Angola, país onde viveu durante cinco anos. Lá, trabalhou no setor de Infraestrutura, à frente de projetos de estradas e pontes, em apoio à reconstrução do país, que sofreu com três décadas de conflito armado.

Tradutor dos livros de arte *Di Cavalcanti*, *Alberto da Veiga Guignard* e *Lasar Segall*, entre outros (inglês). Em 2009, fez uma doação de 1.000 livros escolares e de literatura angolana a uma biblioteca na cidade do Calulo, província do Kwanza Sul, os quais foram adquiridos com os *royalties* da venda de seus livros em Angola e no Brasil. Tem poemas e contos publicados em revistas digitais no Brasil, nos EUA e em países europeus.

Cursou Economia na Universidade de Chicago e Jornalismo na Universidade de Miami. No Brasil, atua no setor de Transportes à frente de um projeto de montagem de uma fábrica de veículos pesados.

Contato: mauricio@arvoressencias.com

Cristiane grando

Cerquilho (SP), Brasil, 15 de janeiro de 1974. Escritora brasileira. Autora de *Fluxus, Caminantes, Titã, Gardens, grãO, Galáxia, Claríssima, Infância* e *Embriágate*—poesia em português, francês, espanhol, catalão, inglês, italiano e zapoteco. Tradutora de textos literários (francês, espanhol e português). Laureada Unesco-Aschberg de Literatura 2002. Professora de Letras (Português Língua Estrangeira/ Língua Adicional e Economia da Cultura) na Universidade Federal da Integração Latino-Americana (Unila). Doutora em Literatura (USP, São Paulo), com pós-doutorado em Tradução (Unicamp, Campinas), sobre as obras e manuscritos de Hilda Hilst. Professora convidada de Língua Portuguesa e Cultura Brasileira na Universidade Autónoma de Santo Domingo (UASD) de 2007 a 2011 (Leitorado / Itamaraty).

Diretora do Teatro Municipal de Cerquilho (2013). Diretora-fundadora do espaço cultural Jardim das Artes (Cerquilho, 2004-2005) e do Centro Cultural Brasil-República Dominicana (São Domingos, 2009-2011), extensão cultural da Embaixada do Brasil em São Domingos. Seus ensaios, produções literárias e traduções estão publicados em antologias, jornais e revistas impressas e digitais, além de, em alguns casos, revistas científicas, de diversos países da América e da Europa. Tem ampla experiência em leitura de poesia para públicos escolares e universitários, tendo atuado em países como Brasil, França, Chile, Argentina, República Dominicana, Haiti, Porto Rico, EUA, Portugal, Espanha, Uruguai e Cuba, em congressos de poesia, eventos culturais, acadêmicos, rádios, feiras e bienais do livro.

Contato: crisgrando@gmail.com

Agradecimentos

A minha esposa e meus filhos, minha família, Cris, Marcos Gonzalez e a toda a equipe que ajudou a tornar o projeto realidade.
As empresas Metro-Shacman, Eaton e Belvedere demonstram estar entre aquelas que se preocupam com a preservação do meio ambiente—a elas, meu especial agradecimento.

MAURICIO

Meus sinceros agradecimentos a minha mãe, a Alfredo García Colmán, a Jorge Coli e a Mauricio Vieira.

CRISTIANE

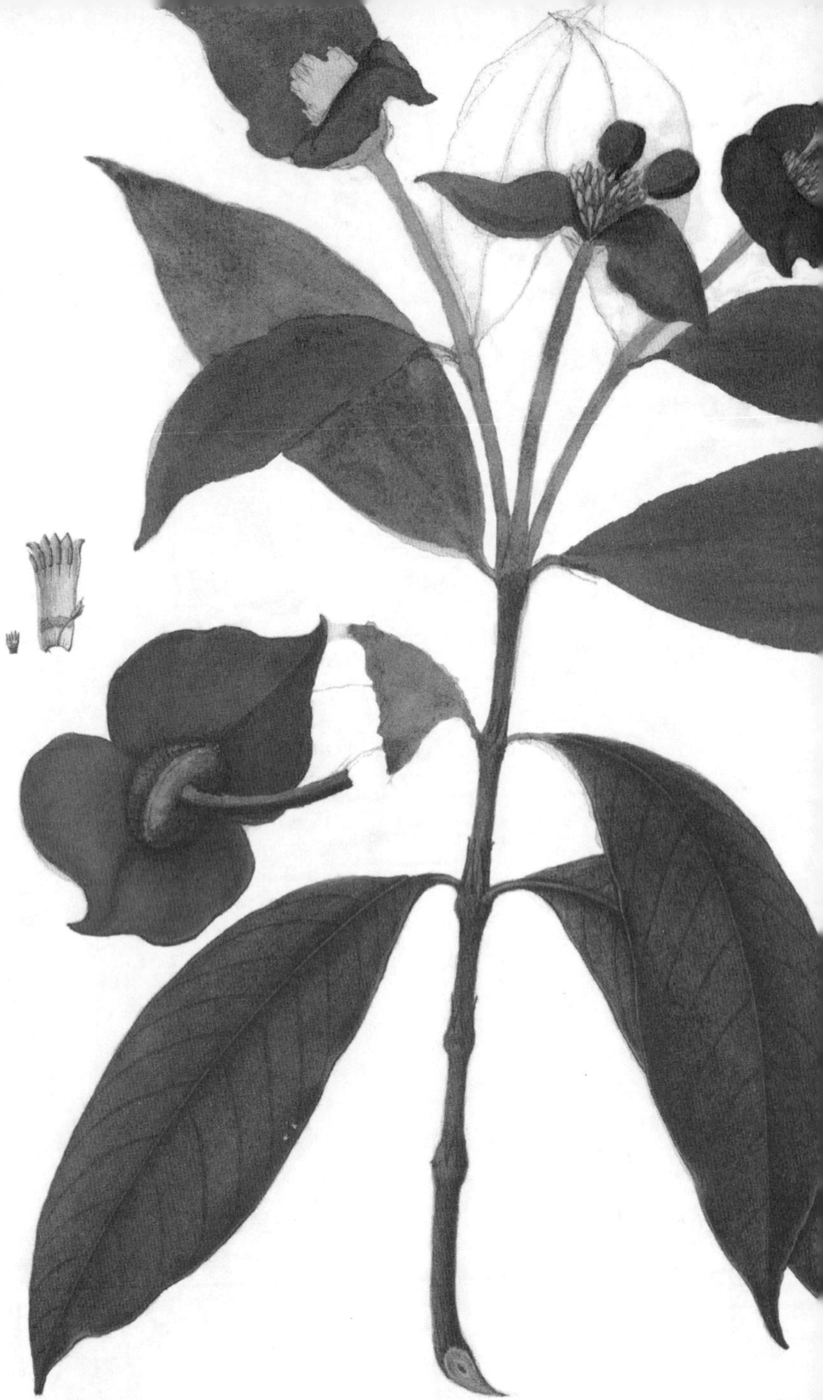

Projeto de edição
Coordenação de produção
Maria Cristaldi

Direção editorial
Mirian Paglia Costa

Direção comercial
Helena Maria Alves

Projeto gráfico
Zureta Cultural

Preparação e revisão de provas
Pagliacosta Editorial

Desenhos botânicos
José Joaquim Freire, "Acuty-namý"
Joaquim Codina, "Aroidea"
Joaquim Codina, "Cassia"
Da Viagem filosófica de Alexandre Rodrigues Ferreira (1789-1792)
Acervo da Fundação Biblioteca Nacional—Brasil

Tratamento de imagens
Triostudio

Produção gráfica
Rony Brunner

Impressão e acabamento
Assahi

Impresso no Brasil
Printed in Brazil

formato	14 x 20,5 cm
mancha	9.5 x 16.5 cm
tipologia	Usherwood (texto), Impact (título)
papel	Pólen Soft 80 gr/m2 (miolo)
	Supremo 250 gr/m2 (capa)
páginas	64